ゆった凛とあかさたな

おだ　やすこ

題字／挿画　おだ　やすこ

ゆった凜とあかさたな

もくじ

はじめに …… 6
あいうえお …… 8
かきくけこ …… 12
さしすせそ …… 16
たちつてと …… 20
なにぬねの …… 24

はひふへほ 28
まみむめも 32
やゆよ 36
らりるれろ 40
わをん 46
あとがき 53

はじめに

題名の『ゆった凛と』は、
「ゆったり」と「凛として」の造語です。
詩は、『あ・か・さ・た・な・……』の
十編からなり、文頭は五十音順に並んでいます。
言葉遊びを楽しんで頂けましたら幸いです。

あ

あいうえ
あ行は
いのちの行

愛し愛され
いのち授かり
生まれてきたよ

えくぼかわいい
男の子？
……あら、女の子

㋕

かきくけ
か行は
家族の行

会社勤めの
きびしいときは
苦しさ分かつ　家族のきずな

健康気づかう
言の葉　ひとつ

さ

さしすせ
さ行は
青春の行

咲いた　さいた　桜がさいた
始業の一日
すました顔も

精一杯の三年間
卒業式には
涙……涙……で肩を抱く

た

たちつて
た行は
旅の行

大海出でし　船旅の
知己とかたりし　夜はふけて

月はさやかに
天深く
永久にかがやく
星のかず

な

なにぬね
な行は
のんきの行

何にもしない
日曜日
ぬるめの風呂に
ねころんで

のんびり歌う
はやりうた

㊩

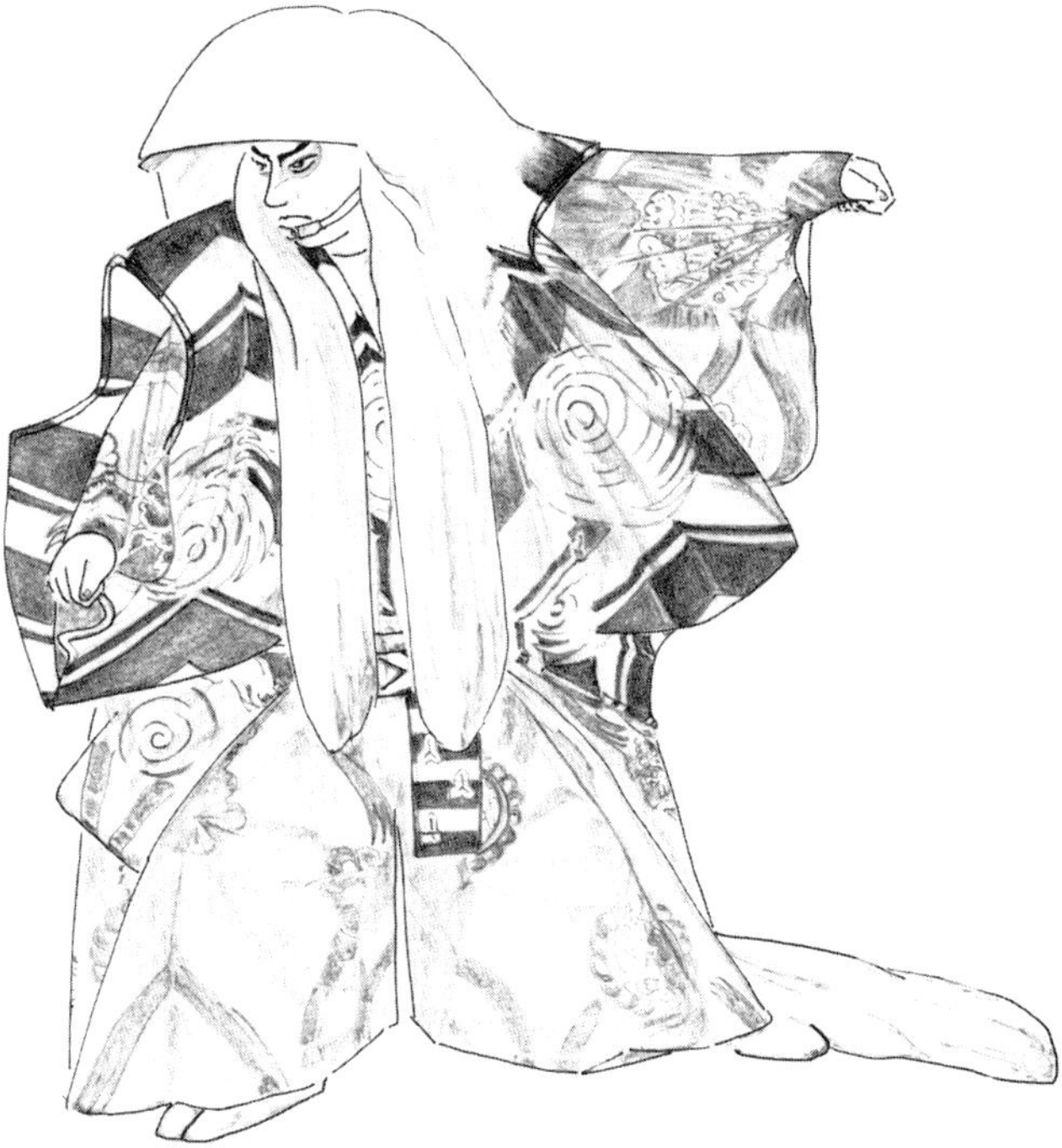

はひふへ
は行は
晴れの行

白金《はっきん》の
日の光あび　深呼吸
ふしぶし伸ばす　ストレッチ

…ひぃ、ふ、み、よ、い、む、な
（一、二、三、四、五、六、七）
平素の鍛錬
保養のかなめ

ま

まみむめ
ま行は
みのりの行

まめに　一途に耕した
みのりの秋は　豊作で

むこう三軒　両隣
めでたい酒盛り
餅つく翁

や

やゆよの
や行は
やさしき行

やんわり
ゆったり
よいように

言葉少なに　かたる行

ら

らりるれ
ら行は
瑠璃の行

楽は　そのまま　ありのまま
…登り坂では　息切らし
…下り坂には　心がけ

リンドウ咲く道
瑠璃の空
連峰よこたう頂の
六道輪廻　今日の幸い

お次で最後…

わ

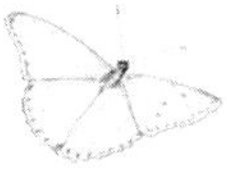

わとをの
わ行は
和する行

和して
一会の茶をすする
心おきない
笑いの輪

ん

も、呼ばれて

どんどはれ

（おしまい）

あとがき

ある時ふと〝愛し愛され いのち授かり 生まれてきたよ…〟の詩が浮かびました。

声に出すと、あ・い・う…と、あ行になっていたので、他の行も作ってみようと思いました。

すんなりできたものもありますが、家族や友人の意見を聞きながら、ああでもない、こうでもないと、時間のかかったものもあります。

悶々として答えの出ないときは、考えることをやめ、身の回りのそうじをしたりして、たたずまいを整えま

した。あとは自然の流れに身をまかせ、ゆったりのんびり。

イメージにあう言葉は、そんな中で見つかりました。

凛として自然体でいることは、創作の過程で大事だなと思ったことです。題名には、そんな思いを込めました。

また、詩に添えた絵にも、それぞれ基になった日常の一こまがあり、私にとって思い出深いものです。

それらについて、少し書いてみたいと思います。

あ――いのち

当時二歳だった娘と動物園へ行きました。久しぶりだったこともあり、私もウキウキ。大きな象にさぞ驚くだろうと思いきや、子どもは、柵の前にしゃがみこみ、アリの行列をじっと見ていました。その姿が可愛いいやら、あきれるやらで、笑ってしまいました。街で小さいお子さんを見かけると、つい目がいきます。何を見ているのかな？

ピュアな心を覗けたら楽しいでしょうね。

か——かぞく

そばにいてくれるだけでホッとする。語らずともわかってくれる家族や友人は、ありがたい存在ですね。

近くの公園で見かけたお父さんと二人の息子さんが、とてもいい雰囲気でした。

さ——せいしゅん

跳び上がって喜ぶとき、悔しさに涙するとき。言葉にできないゆらめく時も、青春の一ページ。息子も野球をしていました。テレビで見る高校球児の熱戦に、思わず涙…。

た——たび

そっちの方へ行ってみようか…ふらりと出かけたその先に、広がる景色、素敵な出会い。あまり目的のない旅も楽しいものです。フェリーで本州と北海道を往復しました。潮風を心地よく感じながら、港の灯りが遠くなるのを見ていました。暗い海原に浮かぶ月が、とてもきれいでした。

な――のんき

ひと風呂浴びて、さっぱりと。
長々つかって、のんびりと。
日本には、お風呂の文化がありますね。

は――はれ

彫刻家　平櫛田中の代表作　鏡獅子
うちに図録があり模写したのですが、百八歳の生涯の略歴を拝見したただけでも、すごい方だなと畏敬の念を抱きました。

ま――みのり

刈り入れ間近の田んぼを見に行きました。一粒一粒しっかり実の入った稲穂。黄金色の田んぼと里山の風景が、なんともしみじみとしていて離れがたかったです。子どもの頃、何の気なしに参加していた祭りに、豊作の喜びや感謝・祈る気持ちが込められていたのだと、最近になって気づきました。頂くことができる…食のありがたさを忘れずにいたいと思います。

や――やさしい

物事が無理なく、ちょうどよい感じで進むのは、お互いに信頼しているからでしょうか？

犬と散歩している婦人に会いました。犬の種類は、グレートピレニーズ。頑固なところもあるけれど、おっとりとして家族にやさしい性格だということです。真っ白くてふんわりした毛並みが、素敵でした。

ら――るり

瑠璃色は、紫をおびた青い色。

体力のない私ですが、ここ数年山に登るようになりました。

途中で出会う草花のけなげさ、見上げた空の青さ、刻々と変化する日の光と山並み…。弱音をはきながらも、頂上に立てたときは、苦労を忘れ、自然の美しさに感動しきりです。

わ・ん

相手を思い尊重する気持ちが、和やかな場を作りますね。
笑う門には福来る…仲良く楽しくまいりましょう。

「どんどはれ」は岩手の方言で、他にも「どっとはれ」「どんとはらい」など、同じような言葉があるようです。
「これでおしまい・めでたし、めでたし」というような意味で、昔話の語りの最後に使われます。幼い頃に聞いた母や近所のおばあちゃん達の、独特のイントネーションが懐かしいです。

以上で、説明はおしまいです。

七十ページに満たない本ですが、出版に際しては何度も校正がありました。出版社のかりん舎様には、たいへんお世話になりました。また、貴重な時間をさいて協力してくれた家族にも心から感謝しています。

最後までお読み頂きまして、ありがとうございました。

幸多き日々でありますよう

心よりお祈り申し上げます。

おだ　やすこ

二〇一六年十一月吉日

著者プロフィール

織田　安子（おだ　やすこ）

1960年　岩手県花巻市生まれ。
大学卒業後、議員宅にて住み込み家事手伝い。
禅の会主宰　岡田利次郎先生に師事。
会社事務・宮沢賢治記念会。結婚を期に退職。
夫の赴任に伴い、パリ・ロンドン・東京
現在札幌在住。家族は、夫・二男一女。
すきなこと——美術鑑賞・映画・読書・自然散策・温泉・絵を描くこと・坐禅
ブログ——アメブロ　muenokyousyuu

ゆった凛とあかさたな

二〇一六年十二月二十三日　発行

著　者　おだ　やすこ

発行者　坪井圭子

発行所　有限会社　かりん舎
札幌市豊平区平岸三条九丁目二－五－八〇一
電話〇一一－八一六－一九〇一

印刷・製本　株式会社アイワード

ISBN 978-4-902591-26-2

ゆった凛と
あかさたな